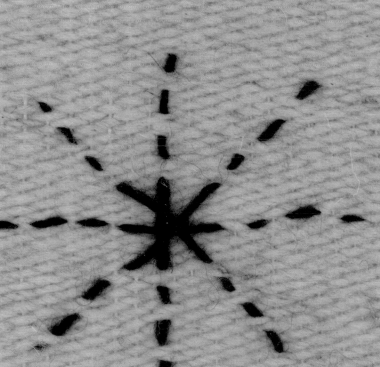

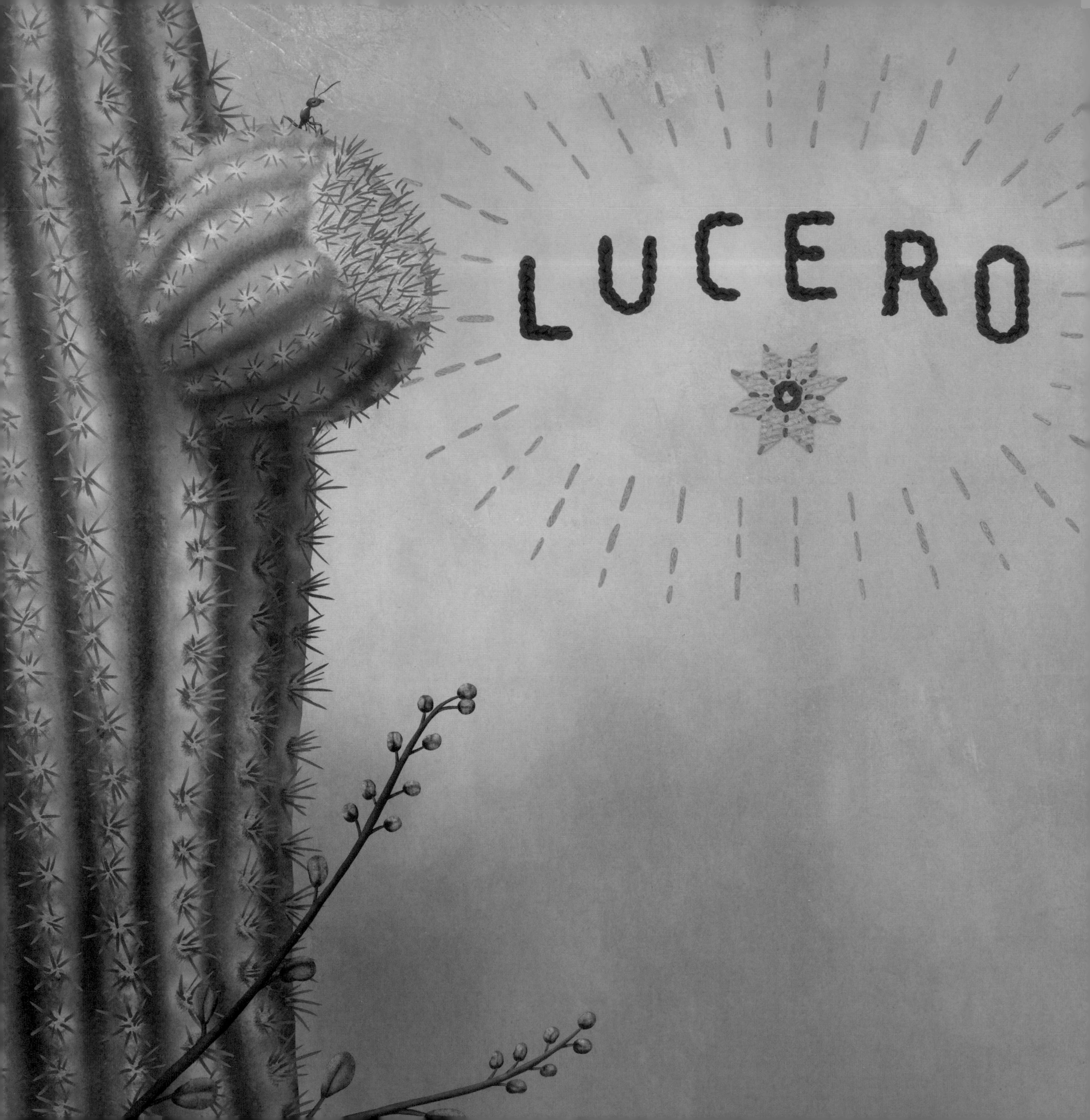
LUCERO

Yuyi
Morales

NEAL PORTER BOOKS

HOLIDAY HOUSE / NEW YORK

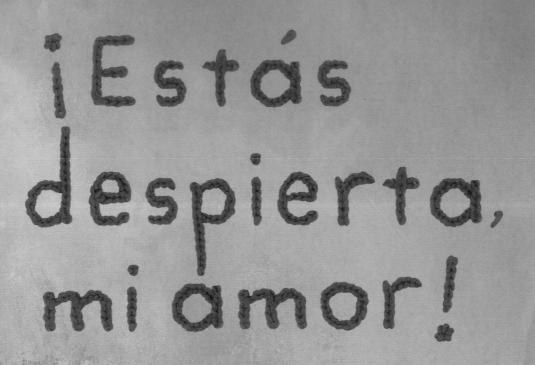

¡Estás despierta, mi amor!

Toma aire,
respira.

Hermosa criatura,

¡Estás V

IVA!

Eres un lucero
en nuestros corazones.

¡Mira!

Hay cosas que puedes ver.

Otras, las debes encontrar.

¡Por eso buscas!

Estás lista,
cosita pequeña.

¡Vámonos!

¡Ay, no!

¿Qué es eso?

Mira y escucha.
¡Estate alerta!

corazoncito tembloroso.
Toma aire despacito
y suéltalo poco a poco.

No llames la atención.

Te queremos a salvo.

Dondequiera que estés,
eres un lucero
en nuestros corazones.

Y si sientes miedo

y empiezas a sufrir...

no te lo guardes.
¡Grítalo!

¡Que el mundo sepa
lo que sientes!

La tierra susurra tu historia.
Aquí estamos para protegerte.

No estás
sola.

Escucha...

A veces,

el silencio

te cuenta

Y tú imaginas una nueva historia.

Tú imaginas...

el mundo más

hermoso.

Eres un lucero en

nuestros corazones.

Hice este libro porque tú y yo estamos conectados, y aunque esa conexión sea difícil de ver, es real, tan real como las raíces de los árboles y de las plantas bajo la tierra, que se envían señales y nutrientes para juntas poder prosperar.

Hice este libro porque tengo muchas preguntas: Cuando nos hacen daño, ¿cómo sanamos? ¿Cómo nos cuidamos unos a los otros cuando estamos separados? ¿Cómo amamos a aquellos que ni siquiera conocemos?

Hice este libro para mostrarles un lugar asombroso de nuestro planeta, un lugar áspero y hermoso llamado la frontera, donde se unen México y los Estados Unidos.

Hice este libro después de que Alfonso Valiente, científico y experto en el desierto, me contara sobre las abejas, los colibríes, los murciélagos y otros polinizadores y esparcidores de semillas que preservan el ciclo de vida de las plantas y los animales de las tierras de la frontera.

Hice este libro para llevarte conmigo al desierto de Sonora, donde mi amigo Sergio Ávila me condujo hasta un campamento donde se debatía la construcción del muro de la frontera en Nuevo México, deteniéndose en el camino en campos llenos de saltamontes de colores, arbustos de creosota y oasis ribereños.

Hice este libro para contarte la historia de una cervatilla de cola blanca que sigue a su madre en la búsqueda del agua y los alimentos que necesitan para sobrevivir. Pero esta historia trata sobre todos los tipos de vida en las tierras de la frontera, algunas tan pequeñas como las cianobacterias, las algas y los hongos que forman la corteza del desierto, y otras tan gigantescas como un saguaro de sesenta pies de alto.

Hice este libro porque, a lo largo de la frontera, se han construido cercas y muros para impedir que la gente pase a los Estados Unidos. Se han derribado saguaros de cien años. Barreras impenetrables han bloqueado los senderos habituales de muchos animales. Estos animales incluyen lobos grises mexicanos, antílopes americanos, tortugas del desierto, mariposas Quino, borregos cimarrones, tecolotes bajeños, cachorritos del desierto, ocelotes, bisontes americanos, jaguares y muchos más.

Hice este libro porque también las comunidades se han afectado. Yacimientos arqueológicos, hogares y lugares sagrados se interponen en el camino del muro de la frontera. La nación Tohono O'odham, un pueblo del desierto, ha vivido ahí por muchas generaciones; sin embargo, ahora una cerca de seguridad les impide moverse libremente en su propia tierra que se encuentra a ambos lados de la frontera.

Hice este libro sabiendo que los niños y las niñas de todas partes, pero especialmente los niños y las niñas migrantes que atraviesan la frontera, han experimentado cosas que nunca debieron sufrir.

Empecé a escribir *Lucero* en la primavera de 2019. Vi como la gente, avanzando a veces en caravanas, alcanzaba la frontera con la esperanza de entrar en los Estados Unidos. Muchas de estas personas eran familias con niños, algunos eran niños o niñas que viajaban solos. Pocos pudieron entrar y, cuando lo hacían, cruzando la frontera con frecuencia en lugares como el que ves en este libro, eran detenidos. Las familias eran separadas y muchos adultos eran enviados a sus países de origen sin sus hijos o hijas. Es posible que tú también hayas visto esto. Es posible que tú seas uno de esos niños o niñas.

Empecé las ilustraciones finales para este libro el 13 de marzo del 2020, precisamente cuando la propagación del COVID-19 nos obligó a encerrarnos en casa. Nueve meses después, todavía en mi estudio, añadí las últimas pinceladas de color a *Lucero*.

Hice este libro usando las cosas más hermosas que encontré: palabras que anoté, dibujos que hice en mi cuaderno y luego pulí en la computadora, papel pintado de colores vívidos, lana hilada a mano y teñida con plantas por las tejedoras de la ciudad de Oaxaca, y un ovillo de lana que compré en el mercado Chamula en Chiapas, muchos años antes de saber que lo usaría en este libro.

Usé texturas de fotografías que les tomé a cosas que no pienso que deberían existir, como una cerca de metal en la frontera y un muro de concreto en la frontera entre México y Arizona. Pero también tomé una fotografía del brazo de un bebé que estaba con su mamá en un albergue de migrantes en Agua Prieta, Sonora. Eso fue lo que usé para darle color y textura a la piel de los niños y niñas que ves en este libro.

Hice este libro porque quiero que sepas que, no importa dónde estés, de dónde vengas o adónde vayas, siempre debes ser tratado con dignidad, respetado, cuidado y amado.

Para Octavio, con quien canté las canciones curativas que conjuraron este libro

Y gracias a aquellos que respondieron desde su corazón cuando pregunté por las muchas cosas sobre las que estoy aprendiendo: solidaridad, trabajo comunitario y sanación.

También quiero agradecerles a las siguientes fuentes, organizaciones y personas que me ayudaron a crear este libro:

VIDEOS Y PELÍCULAS

Defrenne, Camille and Suzanne Simard. "The Secret Language of Trees," TED-Ed Animations, 2019. https://ed.ted.com/lessons/the-secret-language-of-trees-camille-defrenne-and-suzanne-simard

Vilchez, Hernán. "Huicholes: los últimos guardianes del peyote," Kabopro Films, 2014.

Schlyer, Krista. "Ay Mariposa," Pongo Media, 2019. https://www.aymariposafilm.com/aboutfilm

LIBROS

Schlyer, Krista. *Continental Divide: Wildlife, People, and the Border Wall.* College Station, TX: Texas A&M University Press, 2012.

Arizona-Sonora Desert Museum. *A Natural History of the Sonoran Desert.* Second ed. Berkeley, CA: University of California Press, 2015.

Chambers, Nina, Yajaira Gray, and Stephen Buchmann. *Pollinators of the Sonoran Desert: A Field Guide / Polonizadores del Desierto Sonorense: Una Guía de Campo.* Tucson, AZ: Arizona-Sonora Desert Museum, 2004.

Wiewandt, Thomas. *The Hidden Life of the Desert.* Second ed. Missoula, MT: Mountain Press, 2010.

EN LÍNEA

Embattled Borderlands (story map) https://wildlandsnetwork.org/campaigns/borderlands/embattled-borderlands

ORGANIZACIONES

BorderLinks https://www.borderlinks.org

Nuestra Tierra Conservation Project https://www.nuestra-tierra.org

Sierra Club https://www.sierraclub.org/borderlands

Centro de Atención al Migrante Exodus, Agua Prieta, Sonora, México https://www.facebook.com/camexodus

PERSONAS

Alfonso Valiente, Investigador Ecologista en el Departamento de Biodiversidad de la Universidad Nacional Autónoma de México, Instituto de Ecología

Sergio Ávila, inmigrante, senderista, biólogo, quien me guio por el desierto de Sonora

El equipo de Storied Studios, incluyendo a Joanna Rudnick, quien me acompañó al desierto de Sonora

Dan Millis, gerente del programa de las tierras fronterizas del Sierra Club, con quien visité las oficinas del Sierra Club y la exposición fotográfica *Lens on the Border*

Neal Porter Books

Printed and bound in April 2021 at Toppan Leefung, DongGuan City, China.
The artwork for this book was created using acrylic paint on paper, photographed textures, digital painting, as well as weaving and embroidery.
www.holidayhouse.com
First Edition
1 3 5 7 9 10 8 6 4 2

Library of Congress Cataloging-in-Publication Data is available from the Library of Congress

ISBN: 978-0-8234-4784-8 (hardcover)

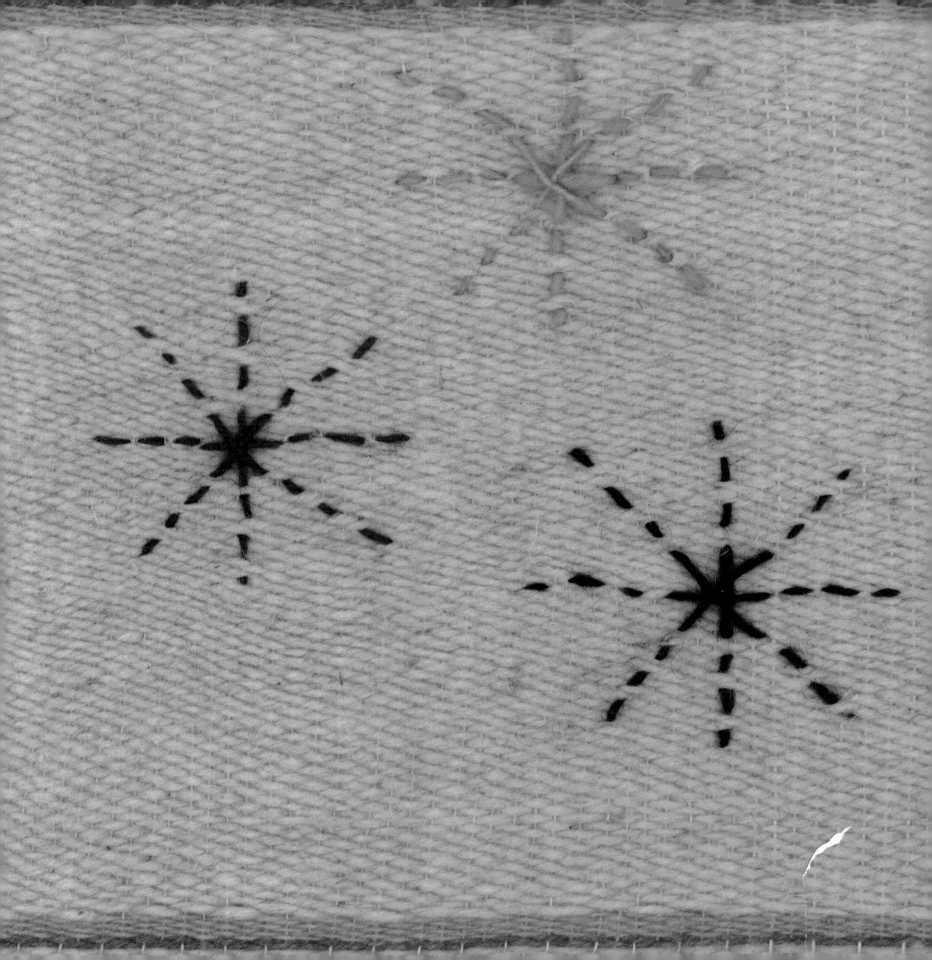